비늘무늬 바람

백순옥
강원도 동해시에서 태어났다.
2011년 『딩아돌하』를 통해 시인으로 등단했다.
시집 『깊어지는 집』 『비늘무늬 바람』을 썼다.

파란시선 0104 비늘무늬 바람

1판 1쇄 펴낸날 2022년 9월 10일

지은이 백순옥
디자인 최선영
인쇄인 (주)두경 정지오
펴낸이 채상우
펴낸곳 (주)함께하는출판그룹파란
등록번호 제2015-000068호
등록일자 2015년 9월 15일
주소 (10387) 경기도 고양시 일산서구 중앙로 1455 대우시티프라자 B1 202-1호
전화 031-919-4288
팩스 031-919-4287
모바일팩스 0504-441-3439
이메일 bookparan2015@hanmail.net

ⓒ백순옥, 2022, printed in Seoul, Korea

ISBN 979-11-91897-28-9 03810

값 10,000원

*이 책은 충청북도, 충북문화재단의 후원을 받아 문화예술육성지원사업의 일환으로 발
간되었습니다.

비늘무늬 바람

백순옥 시집

시인의 말

나무 사이로 당신은 보일 듯 보이지 않고

숲속을 지나온 몇 량의 햇살이 다시
개울물에 실려 간다

차례

제1부

낮은음자리표

추암해변 둘레길
촛대바위가 내려다보이는
해송 사이로 누군가 출렁다리를 건너가고

백사장에서 웃음소리 은박지처럼 날린다
아이들은 물거품을 잡겠다며 뛰어오르고

애야
어디선가 나를 부르는 낮은 목소리
두 손을 흔들며 밀려오는 수평선

멀리 우주를 돌아오는, 흰 뼈만 남은 파도
출렁출렁 다리를 건너오는
물보라

어느 파도에 들었을까
시푸른 어지럼증을 안고 바다가 연신 솟구친다
애야

순환버스

—

도롯가에 메타세쿼이아 한 그루
오른쪽 어깨만 푸르다 꺼칠꺼칠 살비듬 떨어지는
허리께에 버스 정류장이 앉아 있다

나무 속으로
중학생들이 들어온다
아주머니가 들어온다
빈 가지에 없는 이파리 돋는다 왁자하다

나무 속으로
새 떼가 날아간다
구급차가 지나간다
매미 소리 지나간다

나무 속으로
동부종점행 버스가 들어온다
장의차 검은 리본이 펄럭인다
멀리서 까마귀 소리 날아온다

—

버스가 제 그림자를 끌고 떠난 뒤

초록 어깨가 검은 가지를 천천히 어루만지고
나무 속에는
텅 빈 정류장과 구름 없는 하늘이 남았다

배후

자전거들이 무심천 물소리를 돌리며 간다
벚나무를 돌리며 간다
새소리를 돌리며 간다

산책로 옆 튤립밭
빨강 노랑 보라 눈꺼풀 꽃송이들

투명 블랙홀에서 쏟아지는 새 떼
교문 앞 몰려나오는 여학생들
후루룩 펼쳐지는 계단

보이지 않는 손들 꽃봉오리를 흔들고
햇살 귀신 튤튤튤

빙글빙글 돌다가 사라지는 시간의 고리
물속 울음들
소리를 따라와 소리 따라 사라지고

지나가는 꽃그늘, 몇 포기 사라진 검은 자국
바람 귀신 튤튤튤

페달이 햇빛 줄기를 감아 달린다
바큇살 튀어 오르며 공중에 투명 고리를 던진다
소리굽쇠를 지나오는 둥근 소리들

싱고니움이 있는 창가

딱따구리 시계가 오후 두 시를 건너가고 있다
내 옷에선 어제처럼 병원 냄새가 나고

잎을 늘어뜨린 탁자 옆 싱고니움
누렇게 뜬 며칠이 저물고 있다
의자가 소독 냄새 나는 가방의 생각을 듣고 있다

햇빛이 반쯤 올린 블라인드 사이로 들어온다
치어 떼 같은 알갱이를 풀어놓는다
털어 내도 떨어지지 않는 저 어린것들

감은 눈을 파고드는 투명한 비늘들
아프지 않아도 아픈, 금세 핑 도는 어지럼증
음지를 찾아들곤 하지
내 무릎에 기대어 온다 속눈썹 젖은 잎사귀

천천히 약 기운 번지듯
물먹은 줄기들 점점 일어선다
나를 세우는 빛 알갱이들

하얀 발을 가진 비

호흡을 한 번씩 눌러 가며
두 방울 세 방울 떨어지기 시작하는 빗방울

눈살을 찌푸렸던가
소나기 소리 지퍼를 채우는 듯
시고 떫은 말 그득한 귀를 달고 뛰어오는

하얀 발을 가진 비
도로를 들썩이며 지나가고
계단을 펼치며 지나가고

저마다의 색으로 출렁이는
이파리와 이파리 사이
맑은 바람, 살내음 살구

툭 툭 어깨로 떨어진다
어디에 넣을까, 주머니 하나 없는 몸
한 주먹 노란 비 줍는다

어떤 여행

출발을 기다리는 뗏목이다
생전 처음 해를 향해 누워
둥둥 물살을 떠도는 잉어 한 마리

방죽 버드나무 사이로 떨어지는
오후 햇살이 지느러미 닮은 돛 하나
흰 주검 위로 펼쳐 준다

실뭉치 풀어놓은 비릿한 소문에
물고기들 모여들고
부리 검은 새들도 몰려온다

햇빛이 촘촘히 엮은 늑골 뼈를 발라 먹는다
물거울 넘실넘실
폭우 속 진흙탕의 기억을 지우고
새끼들 찾아 물풀을 헤집던 날도 지운다

둑 너머로 비늘무늬 바람이 지나간다
달빛 둥글게 휘감아 수를 놓던
그림자 한 채 환하게 흘러간다

물결의 지도 빙 빙 빙 수없이 맴돈 후에야
깊게 잠겨 있는 방죽
태곳적 어둠이 문을 연다

비와 실로폰

밤새 비바람이 불었다
엄마 혼자 남은 고향 집 CCTV
휴대폰에 연결된 녹화 버튼을 누른다

이팝꽃 환하게 떨어졌다
푸른 지붕이 가만히 내려다본다
젖은 목을 쭈욱 빼고

퐁퐁 통통 또똑 찰찰
엄마가 빗물을 받는다
처마 아래 세숫대야 양동이 플라스틱 통

어린 우리들 나란히 서서 빗소리 연주한다
각자의 음률로 집을 울린다

이제, 물웅덩이 속에 우리는 없고
빨랫줄에 물 지느러미 마당을 헤엄친다
지붕을 울리고
목단을 울리고

창고 앞 키가 큰 장화가 조용히 듣고 있다
젖은 허공으로 퍼지는 실로폰 소리

물띠 피었다 지는

호숫가 눈밭에 찍힌 발자국을 신어 본다
몇 마디나 큰 발
흐린 눈빛이 묻어 나온다

한 발 한 발 힘주어 걸어도
발소리 발소리 호수를 흘러넘치지
수면 위로 둥글게 일렁이는 빛살들

움푹, 녹은 뒤꿈치에 싸락눈 담긴
언 발자국을 버리고 그는 어디로 갔나

물이 물을 가득 안고 점점 줄어들지
켜켜이 일어나는 하얀 띠
비스듬히 물살의 잎 피어나고 있어

발자국은 그를 보내고
둥근 물 얼룩을 보내고
소소리바람이 어루만지는 물속 구름을 따라갔나
물금에 어린 물푸레나무 햇순을 만났나

자꾸 벗겨지는 나를 신고 먼 숲길로 간다
일렁일렁 물멀미 이는 발

겹무늬

*

야옹 이야옹 피어난다
개나리 덤불 속 새끼 고양이들 꽃잎 따라 폴짝폴짝

거리를 재며 따라오는
어미 고양이, 홀쭉한 네 울음통 달래 줄 것이라곤
꽃빛밖에 없구나

*

연둣빛 살이 오르기 시작하는
폐교 울타리가 걸어오고 있어
아이들이 기지개를 켜며 나올 것 같아

버려진 신발 한 짝에 민들레 하얀 날갯짓
오소소 꽃무늬 머금은 바람
보이지 않는 새가 휘파람을 불고

*

덤불숲 너머 노을의 여진이 오고 있어
샛노란 얼굴들이 겹쳐져 달려올 때
잠도 없는 빈 주머니 채우고도 넘치는 빛

천천히 잠들어도 좋아
물살을 밀고 오는 새소리 찰랑찰랑 피어나고 있어

횡단보도 음계

폭염의 눈과 마주쳤다
종이봉투가 찢어지며 비트가 무릎을 치고 굴러간다

비트 비트
도로 위 흰 선을 타고 빨간 음표가 출렁인다

데굴데굴 붉은 물결을 그리며 춤춘다
초록 꼭지 점 점 점 원을 그리며 돌고

통 통통 뛰어오르며 춤춘다
짙푸른 은행잎도 팔랑팔랑 춤춘다

두근두근 심장을 줍는다
어디선가 등줄기 하얀 새들이 날아오고

비트 비트
신호가 깜박인다

정류장은 아직 멀었는데
버스는 저만큼 달려오고

비트 비트
탈 수 있을까?

민낯

—   붉은 양념에 무청 시래기 겹겹이 둘러놓은
    붕어찜을 먹네

    매운 아가미 감추고 뜨거운 김 내뿜는
    툭 튀어나온 눈, 허옇게
    나를 바라보네

    오래도록 끝날 것 같지 않은
    물속 소용돌이, 파드닥거리던
    하얀 떨림까지 발라 먹고

    뒷면을 뒤집자
    뼈만 앙상한 반쪽 몸도 없는 붕어가
    없는 눈으로 나를 바라보네

    식당 뒤꼍에 널린 시래기들 속닥거리고
    그물 빠져나오는 흰 바람이
    매운 혀를 감추는 내 얼굴을 뜯어 가네

—   누구의 살점을 떼어 먹었나

비린 바람의 손으로

검은 입을 쓰윽 닦는 초평저수지

씨앗호떡집

비 오는 날
불 켜진 호떡집은 호박꽃 같은 거라
기름내 밴 비닐 문을 들추자
번철 위에 막 피어나는 노란 꽃

들깨 모종을 넣고 툭툭 흙을 다져 주듯
씨앗 품은 반죽을
동그란 누르개가 지나가는 거라

밀가루 반죽 속 씨앗과 설탕뿐일까
눌러야 할 게

밀린 대출금 갚아 나가듯
찰진 반죽을 쭈욱 떼어 내는
기름꽃 핀 그녀

부어오르는 다리를 누르고
말랑말랑 부푸는 전등 불빛
바람에 펄럭이는 포장마차 귀를 누르는

호떡 냄새가 우산도 없이 걸어 나가
출출한 사람들을 데려오는 거라

저녁이 소리 숲을 키운다

저녁이 모여드는 방충망으로 매미가 왔다
쓰름 깽깽 산깽깽

천적(天敵)이 죽는 해에 태어나는 주기를 쓴다지
몇 년의 생을 건너는 중일까

나무를 키우는 소리, 창가의 머리카락이 우거진다
비의 입김이 나무 아래를 서성인다

몇 번이나 문장을 쏟아 버리는 저녁 하늘
물웅덩이 속 나를 풀풀 지운다
내가 언제 나였던 적이 있었나
쓰름 깽깽 참깽깽

투명한 날갯짓이 물방울을 날린다
보이지 않는 발끝으로 소나기가 지나가고
심장이 멎을 듯 쏟아 내는 숨소리

긴 음표는 짧은 쉼표를 늘이고 자르고
울음이 길게 손을 내민다

해송들은 걸어 나오고

주머니 불룩한 바위를 감싸고
경포호가 절반이나 얼었다
싸락싸락 눈발이 성을 쌓고

눈바람 타고 초당두부마을 콩물 끓는 냄새가 온다
넘칠 듯 넘칠 듯 희고 뜨거운

길이가 서로 다른 파도와 파도 소리
서로 비껴가고 모래밭 눈시울 연신 서걱거린다

기념품 가게에 보이지 않는 사람들
모두 어디로 갔나

백사장 발자국이 된 네가 떠올라
날리는 눈발 사이 해송들은 걸어 나오고
난 솔방울 하나 오래 굴리며 걷는다

순두부 냄새가 공중으로 빠져나간다
뜨거운 흰 숨을 날리며

저지대

파랑새 원룸 이 층 창문에
임대 플래카드 펄럭인다

오래전 파랑새를 쫓아다녔던
정 노인이 갈색 의자에 앉아 있다
헐렁한 두 손 맞잡은
푸스스 날리는 머리

허공을 오래 바라본다
둑 너머 기울어지는 무심천 빈 하늘

낮은 지붕에 허리 잘린 가로수들 새를 날리고
색 바랜 의자와 임대인을 기다린다

단층 지붕을 열어
이 층 삼 층으로 방을 들인 납작한 집
주차장 해바라기는 얼굴에 햇볕을 촘촘히 박아 넣고

젊은이들이 그를 지나쳐 뛰어간다
마른 먼지 훌훌 날리는 골목

텅텅 울리는 빈방들

길게 눕는, 의자와 정 노인의 그림자
유리창에서 구름과 해바라기가 내다본다

저녁의 소묘

이어폰 귀에 꽂고 소년이 다가온다
신호등이 맥박처럼 깜박인다

가로수 사이엔 현수막이 펄럭이고
'목격자를 찾습니다'

새를 날리며 저녁이 오고 있는 사이
버스 정류장에 모인 사람들

썰물처럼 떠나고
불빛에 반짝 소년의 눈물이 스친다

벚나무 이파리 가만가만 흔들린다
물무늬로 어둠이 깔리고

도로 가득 일렁이는 불빛들
소년의 눅눅한 가방으로 흘러든다

제2부

살구, 살구

나무 아래 트럭에 세워진 사다리 타고
저녁이 한 칸 한 칸 내려오는 거라
그날의 눈망울 같은, 살구 살구

화단으로 녹슨 자전거로
투두둑 떨어지는 거라
초저녁 하늘 속으로 뛰어드는 거라

가지 사이 빈 하늘만 흘러들고
보이지 않는 그림자에 둘러싸여
보이지 않는 그림자를 뚫어지게 바라보며

아파트 옥상 난간에 서 있던
교복 입은 시현이 눈빛처럼
그날 노을은 시퍼런 살구였던 거라

씨앗을 꼭 품은 채 굴러가다
입안을 맴도는 말만 뱉어 내는 거라
어둠만 노랗게 익어 가는

은곡장미터널

—시

목을 뚝 꺾어
팽개치지만 않는다면
붉은 숨소리를 들을 수 있어요

　　힘없는 걸음으로 들어선 당신
　　눈 속에서 꽃잎들 조각조각 흩어지는군요

오늘도 나의 하루는 진딧물 달라붙는 세상을 걸어가요
한 겹 더 두꺼워지는 가시를 잡고
실핏줄 두근두근 향과 곡선을 이어 가요

　　당신은 자주 심장 쪽에 손을 얹는군요
　　충혈된 눈망울로 나를 바라보네요

가시에 좀 찢어지면 어때요?
내 몸속 강물 허무는 빛들이 몰려오네요
색소 주머니를 활짝 열어야겠어요

　　새소리 몇 점 숲으로 날아가네요
　　꽃그늘 일렁일렁 기우는 당신

철재 파이프를 한 호흡씩 타고 올라
분서(焚書)하듯 겹겹으로 피어날 때
당신도 고유한 이름으로 불릴 수 있어요

몽매

―나의 할머니 정옥산

―
할머니는 자꾸 신발이 삭는다고 했다
외출이 한 발 한 점 줄어드는
흰 고무신은 코부터 가늘게 잔금이 가고 있었다

처마 아래 씻어 세워 놓은 신에서
햇볕이 자잘하게 부서졌다
어제 쑤어 놓은 흰죽이 삭아 가듯 빛을 잃어 갔다

세게 문질러 닦지 못했다
점박이도 물어 가지 않았다

앞산 그림자 마당에 길게 내렸다 가고
뒷머리엔 눈이 쌓여 갔다

낮아지는 눈자위로 하현달이 뜨고 지고
밤마다 흰 길이 찾아왔다
문풍지가 떨리면
수건을 귀까지 당겨 쓰고 잠에 들었다

―
할머니의 아침은 늘 실안개에 가려져

42

아주 느리게 오고 있었다
먼지바람이 고였다 흩어지며

하얗게 지워지고 지워지는

파도가 밀려와
해송 숲으로 저녁이 온다
나무 그림자들 나무 안으로 들어간다

파도가 밀려와
아버지 병실의 커튼 자락 기침을 한다
환자복이 점점 헐렁해진다

무엇을 달라는 건가, 자꾸 일어나는 물거품

누가 지나가나
누가 오고 있나

막 허물어지려는 모래 발자국
당신의 방 같아
펄럭이는 커튼 자락 여미고 돌아선다

커피가 몇 번이나 식어 가고
창밖 벤치에 나뭇잎 떨어진다
그림자는 그림자를 떠나고 있는 중

며칠째 눈 감고 있는 수면은 더욱 깊어지고
수평선의 등뼈가 둥그렇게 휘어진다

하얀 일요일

급브레이크 소리
불빛이 눈썹을 잡아당긴다

호숫가 도로 한가운데
구멍 난 모자처럼 서 있는 흰 강아지
자동차 소리 속에서 절룩절룩

물결 타고 먼 산 그림자 밀려온다
가라앉지 못하고 떠오르지도 못하는 물속 마을
얼마를 더 허물어져야 저녁 하늘에 다다를 수 있나

뒤돌아보면 잘랑잘랑 맴도는 강아지
물굽이가 어루만지는 울음주머니 잠들지 못하고
굽이 굽을 버리며 돌아가는

저녁이 빈 의자처럼 앉아 있는 산모퉁이로
버려지는 해를 보다가
어딘지도 모르는 갓길을 달리고 있다

골목 크로키

귀가 뭉개진 벽돌담이 불쑥 내다봐요
푸른 셔츠 입고 펄럭펄럭
오른팔이 없는 정 씨 운동화 사 들고 가요

담장에 쌓인 낮은 소리들
사라진 팔을 핥아요

화들짝 흰 줄무늬 고양이 헛기침에 달아나고
나비야 나비야
그가 없는 손으로 불러요

팔을 휘감았던 피댓줄
회오리 구름과 멀어지는 사이

빈 소맷자락 날아가요 스윙 스윙
쓸고 가는 하늘가로 팔이 자라나요

목련나무 가지마다 열리는 손
휘파람을 불어요
골목의 지퍼를 열며

47

정전 구간

호수를 따라 럭비공처럼 이어진 산책길
언덕 아래 벚나무 터널은 정전 중

어두운 얼굴들 어두운 길을 걸어간다
흑백필름을 빠르게 돌리는 듯
점점점 빨라지는 발소리들

한 번 걷고 두 번 걷고
자꾸만 걷고 싶네

명암지가 동굴 같은 시커먼 입을 벌리고
출렁 출렁인다

야광 바벨 운동화 요리조리 뛰어가고
번쩍번쩍 스파이더맨 티셔츠 팔을 휘두른다
하얀 애완견이 동동 떠 가고

굴러가는 럭비공처럼
자꾸만 걷고 싶네

휘휘 머리채 휘날리는 유령 미인
쭉쭉 팔 뻗으며 오는 다이어트 유령
물속 밤하늘로 날아오른다

아치형 다리를 건너오는 사람들
어둠을 벗는다
유령을 벗는다

줄넘기 시간

나를 구름 우거진 해안도로라 하자
모두 걸어 보고 싶다며 다가왔어

갯바위를 발이라 하자
보이지 않는 손이 나를 계속 넘겼어
중심을 잡기 위해 발끝에 힘을 주지

수평선이 폴짝폴짝
파도를 넘고 새를 넘을 때
주머니에서 유리 조각들 떨어지고

새들이 비스듬히 날아갔어
조각 모서릴 돌려 깎는
잘 개켜 놓아도 저물고 마는 파도

웅덩이 옆에 작은 웅덩이
들락날락 만(灣)을 돌아와 눈을 감는 물거울

나를 해송 숲에서 온 새장이라 하자
팔이 긴 파도를 따라

모두 날아갔어
또 언제 올지 모를 흰 구름

하지감자 캐던 날

집주인같이 버티고 서 있었다
북평읍 이로리 1185번지
새로 짓는 집 앞마당을 누르고 있는
봉분 같은 바위

동생들은 그 둘레를 돌며 뛰어놀고
밥 먹어라, 엄마 목소리도
흰둥이 매리도 따라서 돌고

바위 그림자만큼씩
구덩이를 파내고 지렛대로 굴렸다
산 너머로 사라지는 해처럼
점점 작아지고

마당은 점점 넓어졌다
기울어진 빨랫줄이 팽팽히 일어서고
지워지는 가장자리로 빗방울이 똑 똑 떨어졌다
몸을 움츠리지도 않고 저무는 검은 바위

제 그림자를 모두 파먹고 흙 속에 누웠다

점점이 깊어져
집터를 눌러 줄 지킴이

시계탑

구급차 소리 허공을 찢는다
시계탑 사거리, 퇴근 차량이 겹겹으로 줄을 서고
쉴 새 없이 돌아가는 불빛

숨넘어갈 듯 하늘에 길을 낸다
가로수 따라 길을 내고 길을 내도
열리지 않는다

구급차 창을 들썩들썩이는 가파른 숨소리
헬기라도 불러야 하나
검은 새 떼 소리 앙상한 나뭇가지를 휘어잡는다

빈 하늘 가득
또박또박 온종일 혼자 걸어가는 시계탑
움직일 줄 모르는 교차로

검은 구름이 섬처럼 흘러든다
어디에서 연신 몰려들 오나
파도 같은 바퀴들

링거액같이 어둠이 떨어진다
나무 아래 흰 그림자 아이, 서쪽을 향해 가고

간절기

호미 모양으로 휘어지는 대성동 골목
오래된 대장간 표지판을 보면
나를 새로 만들고 싶다

어둠으로 가득 찬 날개
머리를 잘라 볼까

부푸는 풍선처럼 얇아지는 위
한쪽 어깨가 기울어지는 그림자
불 냄새 나는 대장장이에게 가 볼까

땅 땅 땅
두들기고 펴고 구부려 선을 다스린다
벌건 불 속에 달궈 차가운 물 밀치고 당긴다

괭이 열두 자루 손잡이 길게 만들어
산불 난 양지쪽에 화전을 일궈 볼까
오르막길 입간판, 산양인 듯 내 심장을 들이받는다

땅 땅 땅

직박구리 한 마리 날개를 다듬는다
껍질 벗겨지는 포도나무
시간이 방울방울 익어 가는 송이를 매달고

두드리고 뒤틀고 다듬는 쇠망치 소리
튀어 오르는 빛 조각들

감염의 계절

영운천 다리 밑에도
공중화장실에도
지하도에도
바람 빠진 공처럼 개가 물고 가는

마스크가 버린 아이
마스크가 버린 강아지
마스크가 버린 맥주 캔
마스크가 버린 전기밥솥
마스크가 버린 금이 간 거울
마스크가 버린 눈 없는 인형
마스크가 버린 마스크

먹장구름이 머리 위에 머물러
너와 나의 거리(距離)를 조장한다

한여름 눈보라가 휘몰아친다
골목이 사라지고 보건소 앞 교차로가 지워지고
흰 뱀이 되어 날아가는 마스크들
점 점 점 눈 속에 묻힌다

58

망상 캠프촌

무리에서 떨어진 새 한 마리
파닥파닥 다 지나갈 때까지

바다가 납작 엎드려 있다
식은 불 냄새가 새 발자국 찍힌 허공을 핥는다

들개처럼 솟구치다 꺼져 버린
해송 숲 녹슨 철로

파도 소리 모래밭의 문을 열고 닫고
민들레 한 송이 피어난다 하얗게

먹구름이 휘돌아 나가는
목쉰 기차 소리 파도 속에 흩어지고

그루잠

한밤중 잃어버린 잠을 찾으러 옷장 문을 연다
주름 주름 희미한 살냄새가 접혀 있다

고치처럼 웅크린 점퍼
가슴에 리본을 달고 있는 원피스
물방울무늬가 단잠이라면 좋겠어

서랍을 채우고 있는 어제의 잠들
수면 잠옷의 발편잠
초록 티셔츠의 귀잠
배를 깔고 엎드린 속잠들

비죽 나온 실오라기 따라가
분홍 나팔꽃을 만나도 좋겠다
옷걸이에서 떨어진 재킷이 새우잠으로 뒤척인다
깃이 접힌 셔츠를 펼친다

핏발 선 신경선이 엉켜 있다
지퍼를 물고 있는 마른 숨소리
오랫동안 혼자 서 있는 그림자를 껴입는다

체크무늬를 걸어간다 하나씩 건너뛴다
어느 모서리로 달이 왔더라

술래

—

꼭꼭 숨어라 머리카락 보일라
뭉게구름에 불쑥 금낭화 속에 불쑥

여보 여보, 수돗물을 잠그며 부르네
손끝을 타고 날아가는 물방울

저녁 새를 데리고 옥상을 오르네
뚝딱뚝딱 구름 속 의자를 고치네

식탁 위 고지서 들고 또 부르네
엄마는 술래 엄마는 술래

서랍 속 일기장으로 앉아 있네
창고 안 농기구로 서 있네

비어 있는 방 손잡이를 더듬어 보네
마을 길 돌아오는 저녁의 모자를 걸어 놓네

귀 어두워지고 발걸음 느려지는 노래
— 꼭꼭 숨어라 옷자락이 보일라

제3부

겨울 파

폭설 속에 서 있는 은촛대다
겨울 밭에 남겨진 대파들

멀리 가는 구름 얼었다 풀리고
겹겹 누런 이파리 길게 늘어뜨린

언 땅에 뿌리박은
파는 파를 넘어서고

늦가을 죽은 새를 묻어 준 자리에도
목덜미를 파고드는 겹겹의 서릿바람

손을 대면 네 목소리 들리는 듯
한 줄기 뼈로 자란다

흰 새 떼로 눈바람 몰아치던 밤
언 대궁이 몇 겹으로 노란 부리 내민다

완행버스

검은 나비 한 마리 차창에 날아든다
휘어드는 그늘 밀어내며

이팝나무 정류장을 지나간다
회전교차로 금잔화 꽃밭 돌아

앞 좌석 할머니 몇 번이나 짐을 뒤진다
잃어버린 단추라도 찾는지
창에 흘러내리는 얼굴을 꽃무늬 비닐 백이 받고 있다

비어 있는 좌석으로 창밖 하늘이 내려와 앉는다
햇살 나비 아른아른 머리 위를 날아다니는

그려, 인저 막 수름재를 지나는갑따
아녀 아녀 내 호냥 갈 수 이써 걱쩡하덜 마러
할머니 전화기를 향해 마른 갈잎들 손을 내젓고

멀리서 길이 허공을 헤치며 달려온다
창문 속 흰 구름에 기대
끄덕끄덕 조는 승객들

66

숲속을 지나온 몇 량의 햇살이 다시
개울물에 실려 간다

뒷모습을 훔치다

명암지가 귀를 기울인다
벚나무 아래 벤치에 한 가족이 어깨를 기대고 있다

일렁일렁 물결 따라
물속 하늘가로 걸어오시는

　　　아버지, 뭐가 보이세요?
　　　……
　　　저 날아가는 하얀 새 이름이 뭐예요?
　　　……

천천히 번지는 물무늬
호수 속에 묻어 둔 목소리
어깨 위로 팔을 두르는

수면 아래 비스듬한 산길에
성큼성큼 가시는 그림자 보이다 사라지고

호수의 귀가 연해진다
연둣빛 날리는 버드나무 사이

어미 오리가 새끼들을 데리고 찰방찰방

암막 커튼이 있는 방

고개를 돌리면
베개를 가득 채운 큐브 칩들
뽀득뽀득 머릿속을 돌아다닌다

편백나무 환한 향이 나를 들이켠다 내쉰다
밤의 숲속으로 점점 가라앉는다

고개를 돌리면
사각사각 사과 깎아 먹는 소리
투둑 툭 도토리 떨어지는 소리

거울 속 컴컴한 구덩이가 나를 끌어 담는다
편백 숲에서 누가 자꾸 부르고

고개를 돌리면
빗방울이 창문을 때린다
낙엽이 몰려간다

토란 잎처럼 출렁출렁 더욱 커지는 귀
안 보이는 먼 숲속까지 울린다

고개를 돌리면
작은 큐브들 한 칸 한 칸 어둠 먹는 소리
삭 삭 삭

거울 속 나뭇가지마다
모스 부호 붉은 눈이 깜박인다

웃는 눈사람

am 09:10
2월 16일 아침부터 함박눈이 내린다
집과 나무와 도로를 지운다
자동차들이 안개꽃 무덤을 이고 달린다
허공이 소복소복 부풀어 오른다

am 11:30
눈길 자동차 바퀴 자국은 기찻길 같다
그날의 대관령 눈밭은 햇빛 한 줄기 들이지 않았지
물가에 서 있는 백로는 눈 꾹 감고 누워 있던
동생처럼 움직일 줄 모른다

pm 2:50
눈들은 모두 어디로 갔나
냇가 바위 위에 반만 남은 눈은
멀리 떠난 네 뒷모습을 닮았다
흰빛 사이 까마귀가 날아간다

pm 4:00
이제 대관령은 산 중턱에 몇 개의 터널을 들이고

폭설에도 푸른 휘파람을 분다
네 흰 숨은 아직도 녹을 줄 모르는데……
소나무 가지 눈썹이 파란 잎이라도 틔웠을까

손등의 기울기

새벽 쌀 씻은 물을 버리며 보네
점멸등만 덩그러니 떠 있는 용담동 사거리

뽀얀 손의 안개가 산 밑을 서성인다
신호등에서 새 한 마리 오렌지빛 깃을 치고

길게 팔을 뻗는 가로수 지나
쌀 씻는 소리 사이로 날아간다

밥물을 잰다
안개의 손을 잡듯 모여드는 물살들
솥 가득, 쌀알 피어나는 소리
손끝이 따듯해지는

밥물에게만 주는 손등의 반
가만히 물에 뉘어 흰 이마들을 짚어 보네

'취사를 시작합니다'
깜박 깜박
사거리 점멸등이 취사 중이다

74

곡우

자글자글한 눈매가 가느스름해진다
아들 셋과 아비 없는 손자의 등만 달았다고
절도 많이 못 했다고

물결치는 연등 사이를 걸어간다
무수한 술렁임 지그시 밟으며
한쪽으로 기울어진다

숨결이 커지다 작아지다
석탑 그림자 업은 듯
척추 3번과 4번이 내려앉은 당신의 등

염주의 환한 방 속으로
깊은숨을 밀어 넣는다

한 번도 달아 준 적 없는
당신, 목단꽃으로 환히 핀 연등

거풍하다

공터에 아모르노래방 소파들 나와 있다 장마 끝나고 쭈
뼛쭈뼛 햇볕 쬐러 나온, 서로 기대고 있는 두더지 눈들, 눅
눅한 졸음이 부풀어 오른다 허리가 움푹 내려앉았다 가죽
벗겨진 커플 소파, 어깨가 기울었다

'머리 조심' 지하 노래방, 캄캄한 눈이 깊다 엊저녁에도
춤으로 쏟아지던 아모르 파티, 대기 발령 비정규직 박 씨
허 씨 나 씨도 흘려보냈을라나 간 쓸개도 쓸어 냈을라나

모든 걸 잘할 순 없어, 오늘보다 더 나은 내일이면 돼

얼룩이 얼룩을 안고 바람에 쓸려 간다 뒤뚱, 헐거워진
소파 다리가 돌아본다 낮잠에 든 야간 근무자, 소파 소파
코를 곤다 돌아누우며 허리가 삐걱, 그늘 한 줄기 없는 하
늘에 코 고는 소리 쨍쨍하다

●모든 걸 잘할 순 없어, 오늘보다 더 나은 내일이면 돼: 김연자, 「아모
르 파티」.

76

오동나무 시계

주민센터 직원이 치매 정도를 체크한다 등급에 따라 간병인도 나오고 지원도 해 준단다 아흔아홉 민진이 할아버지, 내 나이가 얼매냐구? 이제 육순유 육순! 지지난 여름까정 저 신흥핵교 뒤편으루 자장구를 타고 댕겼쥬 논에서 약을 치다가 쓰러졌는디 성모병원엘 델꾸 가 비싼 주사를 꼽았길래 확 잡아 뺐쥬 일없슈 다 멀쩡하자뉴? 허허, 내 자슥이 열하나유 열하나! 어이 여봐 색시헌티 코오피라도 좀 내오지 그랴아?

어디서 잃어버렸을까 마디 하나 잘린 검지, 마른 갈잎 손바닥이 석석 없는 마디를 쓰다듬는다 바람이 분다 지붕을 울리는 오동 열매 소리, 늙은 집 허리를 벤다 시곗바늘을 거꾸로 돌린다 육순이 자전거를 타고 간다 전력으로 달리는 동안 죽지 않을 수 있다고, 잃어버린 손마디가 매달려 간다

썽까오

창밖 바다를 바라보는 흐엉, 횟집 애월에 손님들 들어와도 수평선만 바라보는 흐엉, 그녀의 눈에 갈매기 날아간다 회색 바람이 창을 흔들다 간다 파도가 흰 속살을 보이고 돌아선다 흐엉, 흐엉 뭐하맨? 주방의 남편 연신 외치고

방석 쌓인 한쪽 구석에 흐엉의 사십 일 된 아기, 할머니와 한 몸같이 앉아 있다 흰죽같이 쏟아지는 할머니 웃음이 아기를 어른다 아기와 바다를 번갈아 보는, 흐엉 눈길에 출렁이는 파도, 쉼 없이 쏟아지는 주방의 물소리 흐엉, 뭐하맨?

엄마니 썽까오!

● 썽까오: 베트남어로 '파도가 높아요'라는 뜻.

시간 수거함

　머리 희끗희끗한 공 씨, 산수유나무 아래 헌 옷 수거함을 싣는다 리어카에 싣는 순간 움쭉움쭉 밀려간다, 험험 헛기침도 밀려간다 수거함 다시 세우려다 발등을 찍힌다

　굴러가는 리어카 잡으려다 나뭇가지 부러뜨리고, 산수유 열매 밟으며, 돌멩이를 받치며, 수거함 다시 밀어 넣는다 덜컹, 지친 몸 누이듯 밀어 넣는다, 숨찬 입김도 밀어 넣고, 헐렁한 허리춤 허기도 밀어 넣는다

　갈색 나뭇잎이 머리에 달라붙어 한방병원을 지나간다 바퀴살이 찬바람을 밀어낸다 덜컹거릴 때마다 녹슨 입에서 흘러나오는 어둠, 몸을 앞으로 숙인, 늦은 아침이 공 씨를 싣고 간다 헛둘헛둘 쇠내골 오르막을 밀고 간다

맹(盲)

누가 화분을 거꾸로 쏟아 버렸다
신문이 층층이 쌓여 있는 분리수거장에
기다란 실뿌리들

앞이 보이지 않는 화분 벽에 기대어
분홍 분홍 기어가던 맨발들

이름은 알 수 없는
겹겹이 엉킨 채
물구멍을 막고 무릎을 감싸 안은

주택가 식당 음식물 쓰레기통 안에 갓난아기를 유기한
산모가 경찰에 붙잡혔다. 주민에게 발견될 때까지 갓난
아기 혼자 사흘 동안 음식물 쓰레기통에 방치돼 있었다.
(8월 23일 한겨레신문)

웅덩이진 안쪽은 무수한 괄호
우기(雨期)는 너를 낳고
쏟아지고 나서야 틀을 벗어났네

뿌리가 딛고 있는 허공
꽃씨 같은 개미들 볕 알갱이를 지고 간다

흥정

— 얼러 얼러 마카오우야!
아재요, 야들이 움매나 씽씽한지 모리잖소!

흰 장화가 뜰채를 흔들며 소리친다
묵호항 회 센터
물 넘치는 고무 대야들
푸릇푸릇 물고기들 솟구쳤다 가라앉는다

숨 떨어지는 물고기
해 지기 전에 팔아야 한다고
갈매기 떼 검은 그림자로 쏟아진다

정박 중인 해, 수면 깊숙이 흔들린다
희미하고 비릿한 오후 다섯 시의 숨결

붉은 고무 대야마다 철 철 철 물이 넘친다
빙빙 도는 우럭 청어 도미

거죽은 이래도 식전에 들어온 기라 씽씽해요
— 새닥, 이 때깔 쫌 봐요!

가자미 바구니에 척 오징어 한 마릴 더 얹는다

싱싱한 죽음

물 화살을 쏘아 댄다

칠월 원풍리

옥수수밭에서 팔이 긴 바람이 일어선다
이파리들 프로펠러 소리로 새를 날리고
밭머리에 외딴집 하나 간이역같이 서 있다

흰 장갑 낀 역장 보이지 않고
백일홍 핀 마당에 손바닥이 하얀 외국인 몇
검은 손등에 죠스바가 녹아내린다
멀리 경찰차가 마을 입구를 지나간다

무슨 비밀이라도 새어 나갈까
쉿쉿 쉬—
옥수수 초록 이파리들
닉쿤처럼 손가락을 입술에 대고 소리치고

까맣게 타고 있는 이마
소리 없는 눈빛들이 따라온다
경운기에 걸터앉은 사람 부채로 얼굴을 가리고
이마에 부딪히는 검은빛 만지고 있다

밭둑길이 끈적끈적 따라온다

그들의 거친 숨소리 따라 옥수숫대가 쌓인다
쉿쉿 쉬—
불쑥불쑥 옥수수가 허공을 뚫고

보(洑)

속리산 저수지가 한가득 물을 안고 있는 거라
이끼가 터를 잡는 시멘트 둑에
배를 깔고 있는 남생이 한 마리

고 대추씨만 한 눈만 깜박이는 거라
푸른 지느러미 돋아나듯
물이 넘치고
물이 줄어드는

보에 기대어
젖었다 말랐다 하는 거라, 기척도 없이

남생아 남생아
등산객들이 연신 불러내고
발자국 소리에 물고기들 몰려다녀도

세심정(洗心亭) 지나 바위 지나
자국을 남기며 흘러가는 물

점점 낮아지는 등이 골똘해지는 거라

86

무엇을 보나
어디를 바라보나

제4부

오후 세 시의 겨울 호숫가

걷는 나무가 많다
걷는 벤치가 많다
걷는 사람이 많다
걷는 유령이 많다
걷는 물결이 많다
걷는 오리가 많다
걷는 낮달이 많다
걷는 애완견이 많다
걷는 까마귀가 많다

걷는 검정 리본이 많다

귀가 있는 방

—

테스트한다
유리창을 사이에 두고

턱을 당기고 정면을 바라본다
귓바퀴 솜털도 일어선다

삐— 오른손을 든다
삐— 왼손을 든다

순식간에 나를 뚫고 지나간다
색깔도 없는 소리

증상 없는 병으로
내가 나를 부르러 온 것일까

태초의 대답은 손짓으로부터 왔다는 듯
번갈아 손을 들고

내가 들은 음(音)은 무얼까
짧은, 긴 순간

—

소리가 온 곳 알 수 없는
흰 방음벽이 나를 쓸어 담는 방

가족 여행

흰 그늘 흔들리는 버스에 떡과 술 과일을 싣고 간다
감추바다 파도 소리 점점 멀어지고
천곡황금박쥐동굴 앞을 지나 효가사거리를 지난다
북평고등학교를 지나

지난봄부터 가자 가자 하던
무릉계곡 용추폭포 표지판을 지난다
이웃들이 마중 나온 집에 들러
방과 뒤란까지 한걸음에 둘러보신 후
오늘도 앞장서 가시는 아버지
검정 리본 두르고, 리무진 타고 가신다

천천히 신흥동 오르막을 오른다
어룽어룽 잿빛 구름이 산 능선을 넘어간다
멀리 회색빛 연기 잡목 숲으로 우거진다
굽은 어깨를 닮은 몇 번의 산굽이를 돌아
보인다 승화원 1킬로 ↦

참나무가 만장처럼 펄럭이고
비탈밭의 콩깍지가 활시위를 당긴다

고추도 따야 하는데
담장도 고쳐야 하는데……
손수건만 접었다 펴기를 거듭하는
엄마는 아까부터 자꾸 뒤를 돌아본다
이 길이 아닌데……

●승화원: 강원도 동해시 소재 화장장.

층층이꽃

한밤중 거실로 나오니
냉장고가 크렁크렁 치통을 앓고 있다

밤잠 없는 엄마처럼 돌아앉아
쪼르륵 쫄쫄

엄마는 임신할 때마다 이를 앓았다지
몇 번의 열 달 동안
잠 도둑같이 열(熱)이 들었다지

들썽거리는 잇몸을 열고 태어난 자식들
눈매가 닮은 아이를 낳고 아이를 낳고

새벽잠 없는 발소리로
쫄쫄 쪼르륵

꽃자리 닮은 틀니를 하고
잠도 치통도 오지 않는다며
방마다 불 환히 켜 놓은

보라 꽃송이, 바람에 가만히 흔들린다
층층마다 환하게 피며

돌미나리

돌돌 돌미나리 뻗어 간다
마당 수돗가에 한 마디씩 돋아나는 자주색 줄기들

그해 겨울, 시아버님이 몸져누웠다, 밥도 죽도 싫다고,
기저귀도 싫다고, 말은 안 나와도, 소변 뉘어 달라는 눈빛,
눈꺼풀이 축축이 젖는다 처음 소변 통을 대 주자 한참 동
안 나오지 않던, 뜨겁다는지 차갑다는지, 입술 점점 굳어
지고, 끝내 하지 못한 말, 맑은 눈빛으로

진눈깨비 내리던 마당에 한 뼘 한 뼘 뻗어 간다
마른 입술에 머금었던 말
보도블록 위로 흰 뿌리 내리는
미나리 미나리

까막바위

밤하늘 가득 집어등이 떠오른다
묵호 밤바다 오징어 떼
먹물 흩뿌리며 달려온다

회 센터의 불빛들 조도를 높인다
마카오우야 마카오우야!
수평선횟집 금성수산 성수횟집
뱃머리의 흰 모자 털보처럼 소리치고

돌아오지 못한 이름 삼키며 회 뜨는 그녀
도마 마를 새 없이
한 잎 한 잎 밀려나는 물무늬를 썬다

듬성해진 머리에 잡풀을 얹고
해안가에 혼자 나앉은 까막바위댁
파도 소리에서 또 아들을 건져 내고 있다

물미역 날리며 집어등만 띄워 놓고
가도 가도 파도뿐인
바다는 제 속을 보여 주지 않는다

pm 4:00

숨, 숨을 기다린다

저 멀리서 실오라기로 온다
마른 목울대를 스친다
끄 으, 고여 있던 숨
반짝 일어서는 흰 귀밑머리

아니 놀지는 못하리라
내수 장날 대포 한잔 걸친 들큼한 숨
칠순에 막내딸 시집보내며 뭉클하던 숨

똑
똑
링거액이 떨어진다

온몸으로 들었던
양철 지붕 때리는 빗소리
먹뱅이 논둑 무너지는 소리
삐―걱 초록 대문 녹슨 소리

얼굴 붉혔던 일
귓불 주름에 걸린 소리까지 내려놓으라 한다

검은 잎 저녁이 자주 시아버님 숨을 데리고 간다
점점 돌아오는 시간이 더디다

명암지 삼면화(三面畵)

　　─　　목요일 명암지의 오후
　　　　레깅스 만보기 걸어간다
　　　　비둘기 떼 뒤뚱뒤뚱 걸어간다

　　　　등허리 기울어진 모자가 걸어간다
　　　　까마귀가 흔들리는 발소리 물고 날아간다

　　　　물속에 비친 명암타워 점점 기울어진다
　　　　폐아파트 같은 캄캄한 유리창
　　　　잉어가 허연 배를 보이며 빨려 들어간다

　　　　구 층에서 살 부러진 우산을 던진다
　　　　고인 햇살의 핏줄 터져 물결을 뒤섞는다
　　　　선홍빛 흔들리는 수면

　　　　펄럭인다 목요일에만 보이는 봉고차
　　　　꽁지 긴 새 한 마리 앉아 있다

　　　　오늘의 운세, 나를 무너뜨리나
　　─　　지금의 햇살 지금의 나무 지금의 눈

그림자 접어
저녁 새 떼 한꺼번에 날아오른다

횡단보도

건너편의 친구를 향해 손을 흔든다
나를 보지 못하는
그녀 옆에서 모르는 사람이 마주 흔든다

내 뒤에 누가 있나 둘러보아도
빈 나뭇가지 사이, 비껴드는 햇살에 기대 있는
낙엽 포대뿐

검정 방한복에 검정 모자와 마스크를 쓰고
보이지 않는 눈이 말한다
나?

그를 데려간 손짓도 저와 같았을까
14 13 12…… 점점 다가온다

초록 신호 앞에서
부르지도 않은 저 손을 내밀면
아귀힘을 풀어야 하나 뒤돌아서 뛰어야 하나

서쪽 하늘이 한 칸 한 칸 건너오고

무덤 같은 포대 속에서
바스락바스락 단풍잎들 다시 일어선다

신(新) 선녀와 나무꾼

꽃씨를 받듯 한 걸음 한 걸음
드레스 자락 길게 끌며 신부가 입장한다
보이지 않는 음악이 미끄러진다

하이힐이 주춤하는 순간 앗, 비틀거리는 불빛
백합 향기 숨을 참는다
어린 남매 쉴 새 없이 꽃잎을 날리고

스무 살에 만난 마흔일곱 신랑
부모에게 얹혀사는 신랑

연변에서 온 사련연
아들 낳으면, 한글 떼면 하자던 결혼식 날
아 야 어 여 비가 내린다
오 요 우 유 비가 오면 잘산다고

나이가 많아서 제 차지가 됐죠
아니면 어떻게 만났겠어요
오빠는 나무꾼 나는 선녀!

던져 줄 친구 없는 부케
비어 있는 부모 자리가 받아 안는다
엄마 드레스 잡고 까르르까르르
얼굴에 꽃잎 묻은 아이들

불멍하는 고양이

—

한 발 한 발 재며 온다
밤물결 소리 없이 빠져나가는 갯벌을 지나

펜션에서 굽는 고기 냄새 찾아온
축 늘어진 뱃가죽의 노랑 줄무늬 고양이

풀벌레 소리 번지는 울타리 옆
꼬리 늘어뜨리고 가만히 바라본다
불꽃 하나 겹겹으로 피어나는 불길

야옹야옹 바람은 불어오고
장미가 연기 냄새를 한 잎 한 잎 접는 사이
점점 낮아진다
주름 주름 접힌 저 배

몇 번의 새끼를 품었나
냐옹냐옹 새끼들이 기어 나온 분홍빛 방
굵은 모래알에 쓸린다

—

비릿한 바람이 불어온다

그늘에 놓아준 먹이 물고
몇 번이나 사라지고 나타나는

환풍기

저 혼자 돌고 있다
자전거 지나가는 소리에도 빙그르르
문 닫은 만두 가게

그동안 성원해 주셔서 감사합니다
좋은 곳에서 또 만나 뵙겠습니다

더운 숨 토하는 만두 냄새 뽑아내나
날개 퍼덕이는, 희부연 빗살무늬 새

자꾸 안을 들여다보는 눈빛들
저녁은 만두 하나 빚지 않고
반투명 창을 노을 찜통에 올리는

멀리 하늘가로 새털구름 모여든다
안 보이는 곳에서 물굽이가 들고나는
훗날 난 어떤 인사말을 남길 수 있을까

그늘로 얼룩진 날개만 남겨 놓고
새들은 어디로

겹눈

물은 점점 저물어
        물속에는 앞산 봉우리만 남았다

저수지는 저수지 속으로 한 발짝 더 들어가고
        구름은 구름을 잡고 부풀었다 꺼진다

물 바닥이 된 통나무에
        고추잠자리가 빛살같이 앉았다 간다

물결과 나무가 만나는 자리로
        걸어 들어간 그녀
그림자 어디쯤 가고 있을까

        그늘 한 점 없는 응달 속에서
돌멩이가 새기는 물빛 파문

        먼바다엔 밀물 드는 소리
버드나무 가지엔 바람에 날리는 물결들

컬러 노이즈

감자 양파 토마토 한 바구니
　　오천 원 오천 원
육쪽마늘 저장마늘 한 바구니
　　만 원 만 원

푸른 칠 벗겨진 일 톤 트럭
긴 인중의 골목을 열며
미지근한 저녁을 한 바구니씩 담아 줘요

파랗게 흩어졌다 하얗게 모여드는 바람
심장 같은 토마토
두근두근 숨이 살아나요

하루를 돌아다녀도 빈손으로 오는 새들에게
저장용 웃음을 건네요

마이크를 흘러나온 한 바구니
줄어들지도 않고
초저녁의 폐가 점점 부풀어 올라요

한 바구니란 말 속에
당신이 떠올라요 양팔 벌려 맞아 주던

●컬러 노이즈(Color Noise): 특정 음높이를 유지하는 소음.

입구

꽃잎 떨어지는 이팝나무 아래
새 발자국들 수북하다

몸을 부풀리는 나무
초록 숨구멍을 열고 새 떼가 날아간다
도로에 웅덩이에 자전거에
발자국 발자국

햇살이 저수지를 건너온다
음표 같은 잔물결 점점이 번지는
이파리마다 하늘이 찰랑거린다

멀리 화장장 굴뚝 위로 피어오르는 연기
어디로 날아가나, 꽃가지 안 보일 때까지

오후의 볕 속으로
저수지 물빛에 젖은 새들이 날아오른다

이팝나무 환하다
흰빛은 어느 꽃자리에서 어둠이 될까

낮은 목소리의 파동

이경수(문학평론가)

1.

기후환경의 위기가 눈앞의 현실로 다가왔음을 실감하는 하루하루다. 3년째 진화를 거듭하는 코로나-19 팬데믹이 경험해 본 적 없는 시대를 앞당기고 있다. 이런 시절에 서정시를 써 온 시인들은 세계를 어떤 시선으로 바라보고 무엇을 담아내려고 할까? 백순옥의 시집은 이런 묵직한 질문을 환기한다.

오랫동안 서정시는 자연 친화적이었다. 꽃과 풀과 나무와 숲을 비롯한 자연이 시의 소재로 등장한 것은 물론이고 자연 친화적이고 생태주의적인 세계관이 그 바탕을 형성하고 있었다. 자연과 인간이 더불어 살아가는 세계에 대한 지속적인 탐구가 서정시의 근간을 이루었다고 해도 과언이 아니다. 그러나 이미 1990년대부터 자연 서정만 노래하는 서정시에 대한 비판이 있어 왔고 성장 중심주의 시대에 서정시가 어떻게 진화해야 하는지에 대한 질문은 간헐적으로나마 계속해서 던져져 왔다.

기후환경의 위기가 현실이 된 오늘날, 서정시는 이제 무엇을 노래할 수 있을지에 대한 질문을 더 이상 피해 가기 어려워졌다. 코로나-19 팬데믹이 앞당긴 포스트휴먼 시대는 신유물론이라 불리는 새로운 생태주의적 사유를 열어젖히고 있고 서정시도 어떤 방식으로든 이에 응답하지 않을 수 없게 되었다. 백순옥의 시는 한편으로는 서정시 고유의 미덕을 굳건히 지키는 방식으로, 다른 한편으로는 변화한 시대의 풍경을 그려 넣는 방식으로 이러한 시대적 요구에 나름대로 응답하고 있다.

백순옥의 이번 시집에는 죽음과 숨에 대한 사유가 가득하다. 개인적 체험으로 인한 것이기도 하고 죽음을 통해 생을 사유할 수밖에 없는 시인의 숙명 같은 것이기도 하겠다. 자연의 풍광을 숨결 하나하나까지 섬세하게 그려 넣어 그 아름다움을 만끽하게 하는 것 또한 백순옥 시의 미덕이다. 그런가 하면 자연의 풍광뿐 아니라 버려진 강아지(「하얀 일요일」), 마스크 쓴 사람들도(「감염의 계절」) 백순옥이 그리는 풍경의 일부를 이루고 있다. 젊은 사람들이 서울을 비롯한 대도시로 떠나면서 농어촌과 지방 도시를 중심으로 구축된 다문화의 현실을 실감할 수 있는 시들도 눈에 띈다.

2.

제1부의 앞부분에 놓인 시들은 서정시 본연의 아름다움

을 체험하게 해 준다. 지구환경의 위기를 실감하면서도 눈 앞의 이익 때문에 개발과 성장을 포기하지 못하는 인류의 어리석음이 우리에게서 무엇을 빼앗아 갔는지 깨닫게 하는 시들이다. 서정시는 한없이 무력하지만 바로 그 무력함에 희망이 있음을 한편으로는 깨닫게 된다. 백순옥의 시가 낮은음자리표로 들려주는 낮은음의 파동을 먼저 만나 보자.

추암해변 둘레길
촛대바위가 내려다보이는
해송 사이로 누군가 출렁다리를 건너가고

백사장에서 웃음소리 은박지처럼 날린다
아이들은 물거품을 잡겠다며 뛰어오르고

얘야
어디선가 나를 부르는 낮은 목소리
두 손을 흔들며 밀려오는 수평선

멀리 우주를 돌아오는, 흰 뼈만 남은 파도
출렁출렁 다리를 건너오는
물보라

어느 파도에 들었을까
시푸른 어지럼증을 안고 바다가 연신 솟구친다

애야

　강원도 동해시 추암동에 있는 추암해변에는 추암해수욕
장과 촛대바위, 추암 출렁다리가 있다. 백순옥 시인의 고향
인 동해의 추암해변이 이 시의 배경이다. 동해에서 태어나
살다가 결혼하고 청주로 옮겨 가 산 세월이 40년째에 이르
는 시인임을 감안할 때, 이 시에 그려진 추암해변의 풍경은
시인이 유년 시절을 보낸 과거의 풍경과 현재의 풍경이 혼
재된 것으로 보인다.
　시의 주체 '나'는 달라진 추암해변의 풍경을 바라보는 자
이다. "추암해변 둘레길"이 조성된 것으로 보아 1-2연은
유년의 풍경이라기보다는 현재의 풍경에 가깝다. "촛대바
위가 내려다보이는/해송 사이로 누군가 출렁다리를 건너
가고" 있고 "백사장에서 웃음소리 은박지처럼 날"리고 "아
이들은 물거품을 잡겠다며 뛰어오르고" 있다. 시의 주체는
그들을 바라보고 있다. 그때 문득 "애야/어디선가 나를 부
르는 낮은 목소리"가 들려온다. 추암해변을 거닐거나 뛰어
다니는 사람들의 모습에서 그곳에 있었던 과거 어느 날의
기억이 떠오른 것이겠다. "나를 부르는 낮은 목소리"는 "두
손을 흔들며 밀려오는 수평선"의 것이기도 하고 "멀리 우주
를 돌아오는, 흰 뼈만 남은 파도"의 것이기도 하다. 긴 세월
을 돌아 도착한 목소리를 "멀리 우주를 돌아오는" 목소리로
표현한 것이다. 시의 주체에게는 기억을 품고 있는 고향이

지만 그곳을 찾는 여행객들에게는 "둘레길"과 "출렁다리"가 비슷비슷하게 조성된 여느 관광지와 다를 바 없는 모습으로 여겨질 수도 있을 것이다. 어쩌면 "밀려오는 수평선", "흰 뼈만 남은 파도", "출렁출렁 다리를 건너오는/물보라"만이 시의 주체가 기억하는 추암해변의 오래전 모습을 간직하고 있을지도 모른다. "시푸른 어지럼증을 안고 바다가 연신 솟구"치며 부른다. "얘야" 하고. 고향을 떠난 지 40년이 된 시의 주체에게는 그 부름이 "멀리 우주를 돌아오는" "낮은 목소리"로 들리는 것이겠다. 백순옥의 시는 이처럼 낮은 소리의 파동에 예민하게 귀 기울일 줄 안다.

출발을 기다리는 뗏목이다
생전 처음 해를 향해 누워
둥둥 물살을 떠도는 잉어 한 마리

방죽 버드나무 사이로 떨어지는
오후 햇살이 지느러미 닮은 돛 하나
흰 주검 위로 펼쳐 준다

실뭉치 풀어놓은 비릿한 소문에
물고기들 모여들고
부리 검은 새들도 몰려온다

햇빛이 촘촘히 엮은 늑골 뼈를 발라 먹는다

물거울 넘실넘실
폭우 속 진흙탕의 기억을 지우고
새끼들 찾아 물풀을 헤집던 날도 지운다

둑 너머로 비늘무늬 바람이 지나간다
달빛 둥글게 휘감아 수를 놓던
그림자 한 채 환하게 흘러간다

물결의 지도 빙 빙 빙 수없이 맴돈 후에야
깊게 잠겨 있는 방죽
태곳적 어둠이 문을 연다

—「어떤 여행」 전문

    생명이 남긴 흔적에 백순옥의 시가 예민한 까닭도 그 때문인지도 모른다. 바다와 산이 모두 있는 자연 속에서 파도 소리와 함께 살다가 결혼을 하고 낯선 지방 도시에 가서 정착해 살게 된 시인에게 자연의 의미가 무엇일지 생각해 본다. "잉어 한 마리"의 죽음을 여행으로 비유한 이 시는 자연 속에서 자연의 일부로 죽어 간다는 것의 의미를 돌아보게 한다. 죽은 잉어의 모습을 또 다른 시간의 "출발을 기다리는 뗏목"으로 비유하고 "생전 처음 해를 향해 누워/둥둥 물살을 떠도는" 모습으로 형상화한다. 마치 새로운 여행지로 향해 가는 "잉어 한 마리"의 모습처럼 그림으로써 죽음을 또 다른 생의 시작으로 인식게 한다. "방죽 버드나무 사이로 떨어지는/오후 햇살이 지느러미 닮은 돛 하나" "흰 주검 위로 펼쳐" 주는 모습을 통해 "잉어 한 마리"의 죽음을 애도한다. "실뭉치 풀어놓은 비릿한 소문에/물고기들 모여들고/부리 검은 새들도 몰려온다". 애도의 풍경이 아닐 수 없다.

잉어의 육신은 "햇빛"에 의해 "발라"지고 몸이 사라지면서 "폭우 속 진흙탕의 기억"과 "새끼들 찾아 물풀을 헤집던 날도" 지워진다. 잉어 한 마리가 여기 살았었다는, 살다 갔다는 흔적을 백순옥의 시는 "둑 너머로 비늘무늬 바람이 지나"가는 모습으로 그려 낸다. 바람에 비늘무늬가 아로새겨진 모습이 잉어가 살았다는 흔적인 셈이다. "달빛 둥글게 휘감아 수를 놓던/그림자 한 채 환하게 흘러"가며 "비늘무늬 바람"의 여행에 함께한다. "태곳적 어둠이 문을" 여는 모습은 "비늘무늬 바람"이 된 "잉어 한 마리"가 살았던 날들의 기억을 모두 지우고 죽음 이후에 가는 곳에 대한 아름다운 비유라고 볼 수 있다.

호숫가 눈밭에 찍힌 발자국을 신어 본다
몇 마디나 큰 발
흐린 눈빛이 묻어 나온다

한 발 한 발 힘주어 걸어도
발소리 발소리 호수를 흘러넘치지
수면 위로 둥글게 일렁이는 빛살들

움푹, 녹은 뒤꿈치에 싸락눈 담긴
언 발자국을 버리고 그는 어디로 갔나

물이 물을 가득 안고 점점 줄어들지
켜켜이 일어나는 하얀 띠
비스듬히 물살의 잎 피어나고 있어

발자국은 그를 보내고
둥근 물 얼룩을 보내고
소소리바람이 어루만지는 물속 구름을 따라갔나
물금에 어린 물푸레나무 햇순을 만났나

자꾸 벗겨지는 나를 신고 먼 숲길로 간다
일렁일렁 물멀미 이는 발

　　　　　　　　　　　　　—「물띠 피었다 지는」 전문

　"호숫가 눈밭에 찍힌 발자국"에 발을 대어 보니 "몇 마디
나 큰 발"에서 "흐린 눈빛이 묻어 나온다". "그"는 사라지고
발자국만 남았지만 발자국이 향한 방향과 발자국이 남긴
흔적을 통해 사라진 "그"를 짐작해 보는 일은 가능할 것이
다. "그"의 "흐린 눈빛"을 마치 본 것처럼 느끼는 까닭도 그
때문이겠다. "그"가 남긴 흔적을 통해 사라진 "그"의 마음
을 가늠해 본다. "움푹, 녹은 뒤꿈치에 싸락눈 담긴/언 발

자국"을 보면서 시의 주체는 발자국만 남기고 사라진 "그"
를 떠올린다. "그"의 사연, "흐린 눈빛", 사라진 이후의 "그"
의 행적을 궁금해하며 안부를 묻는다. 사라진 대상, 보이지
않는 대상을 향한 관심이야말로 오랫동안 시가 지켜 온 자
리이자 시의 몫으로 남겨진 자리일 것이다. 백순옥의 시는
서정시에 남겨진 몫을 잘 알고 있다.

3.
  지구가 병들고 자연이 병들고 인간도 아픈 시대에 서정
시는 무엇을 노래할 수 있을까? 이미 오래전 김수영은 푸
른 하늘을 제압하는 노고지리를 자유롭다고 부러워한 어느
시인을 비판적으로 노래했고 그로부터 30여 년쯤 세월이
흐른 뒤 도정일은 시인은 숲으로 가지 못한다고 단언하며
인간에게 배제당한 자연이 인간을 배제할 것임을 날카롭게
경고했다. 지구가 병들었음을 누구나 실감하는 오늘날 조
화롭고 낭만적인 자연을 빼앗긴 시인들은 이제 무엇을 노
래할 수 있을까? 백순옥의 시는 병든 자연과 아픈 인간사
를 나란한 시선으로 바라본다.

  도롯가에 메타세쿼이아 한 그루
  오른쪽 어깨만 푸르다 꺼칠꺼칠 살비듬 떨어지는
  허리께에 버스 정류장이 앉아 있다

  나무 속으로

중학생들이 들어온다
아주머니가 들어온다
빈 가지에 없는 이파리 돋는다 와자하다

나무 속으로
새 떼가 날아간다
구급차가 지나간다
매미 소리 지나간다

나무 속으로
동부종점행 버스가 들어온다
장의차 검은 리본이 펄럭인다
멀리서 까마귀 소리 날아온다

버스가 제 그림자를 끌고 떠난 뒤
초록 어깨가 검은 가지를 천천히 어루만지고
나무 속에는
텅 빈 정류장과 구름 없는 하늘이 남았다

―「순환버스」전문

　　병든 나무와 아픈 사람, 생명을 지닌 존재들 간의 교감
이 자연스럽게 그려진 시이다. "오른쪽 어깨만 푸"른 "도롯
가" 메타세쿼이아 "나무 속으로" "중학생들"과 "아주머니
가 들어온다". 그러자 "빈 가지에 없는 이파리"가 "돋는다".

그 풍경을 시의 주체는 "왁자하다"고 묘사한다. "오른쪽 어깨만" 살아 있고 나머지는 "꺼칠꺼칠" 죽어 가는 메타세쿼이아 나무에 왁자한 생명을 불어넣어 주는 것은 버스 정류장에서 버스를 기다리는 "중학생들"과 "아주머니" 들이다. 죽은 가지를 품은 채 살아 있는 메타세쿼이아 나무처럼 사람들도 죽음과 함께 살아간다. "나무 속으로/새 떼가 날아"가고 "구급차가 지나"가고 "매미 소리 지나간다". "새 떼"와 "구급차"와 "매미 소리"가 자연스럽게 뒤섞인다. "동부종점행 버스가 들어"오고 "장의차 검은 리본이 펄럭"이고 "멀리서 까마귀 소리 날아온다". 자연과 인간사의 자연스러운 공존이 이루어진 모습을 시의 주체는 발견한다.

자연과 인간사가 뒤섞여 공존하는 풍경을 통해 시의 주체는 "초록 어깨가 검은 가지를 천천히 어루만지"는 애도의 풍경을 완성한다. "버스가 제 그림자를 끌고 떠난 뒤" "나무 속에는/텅 빈 정류장과 구름 없는 하늘이 남았다". 그런데 이 시의 제목은 "순환버스"이다. 사람들은 다시 정류장에 와서 버스를 기다릴 것이고 버스는 사람들을 태우고 다시 떠나갈 것이다. 우리네 인생도 다르지 않을 것이다. 죽음, 부재마저 생명으로 어루만지는 풍경을 그려 내고 있는 백순옥의 시는 우리 시대 서정시의 나아갈 자리를 사유케 한다. 도시의 풍경을 품은 병든 나무, 죽음과 부재와 병듦을 품고 더불어 살아가는 모습. 그것은 바로 우리의 모습이기도 하다.

자전거들이 무심천 물소리를 돌리며 간다
벚나무를 돌리며 간다
새소리를 돌리며 간다

　산책로 옆 튤립밭
　빨강 노랑 보라 눈꺼풀 꽃송이들

투명 블랙홀에서 쏟아지는 새 떼
교문 앞 몰려나오는 여학생들
후루룩 펼쳐지는 계단

　보이지 않는 손들 꽃봉오리를 흔들고
　햇살 귀신 튤튤튤

빙글빙글 돌다가 사라지는 시간의 고리
물속 울음들
소리를 따라와 소리 따라 사라지고

　지나가는 꽃그늘, 몇 포기 사라진 검은 자국
　바람 귀신 튤튤튤

페달이 햇빛 줄기를 감아 달린다
바큇살 튀어 오르며 공중에 투명 고리를 던진다
소리굽쇠를 지나오는 둥근 소리들

　무심천 가 자전거도로를 달리는 자전거의 모습을 "자전거들이 무심천 물소리를 돌리며 간다"고 말하는 시이다. "무심천 물소리"의 "배후"가 자전거를 타고 달리는 사람들인 셈이다. 도심 속에 자리한 하천은 도시에서 살아가는 사람들과 일상을 공유하고 그들의 사연을 귀 기울여 듣기도 하면서 살아갈 것이다. 청주라는 도시를 관통하는 무심천도 청주 사람들에게 그런 존재일 것이다. 그곳에서 살아가는 사람들이 "무심천 물소리"의 "배후"가 되고 무심천이 또한 사람들의 "배후"가 되는 곳. 어쩌면 백순옥의 시는 그렇게 지방 도시에서 살아가는 사람들의 생태를 그리고자 하는 것인지도 모른다. 도시와 자연이, 도심 속에서 살아가는 사람들과 그곳에 함께 있는 자연이 서로의 "배후"가 되는 삶 말이다.

　이 시의 형식은 마치 자전거 바퀴가 굴러가는 모습을 시각적으로 표현한 것처럼 보인다. 들쭉날쭉한 연의 모습은 자전거 바퀴가 굴러가듯 위아래가 계속 바뀌며 순환하며 지나가는 풍경들을 보여 주기에 적합한 형식이다. 자전거 페달을 밟으면 바퀴가 구르듯 "튤튤튤" 굴러가는 소리가 들리는 듯하다. "무심천 물소리"와 자전거들이 굴러가는 소리가 뒤섞여 "햇살 귀신 튤튤튤" "바람 귀신 튤튤튤" "페달이 햇빛 줄기를 감아 달"리고 "소리굽쇠를 지나오는 둥근 소리들"이 무심천 가에 울려 퍼진다.

백순옥의 시는 도심을 달리고 걷는 사람들을 풍경에 담아내고자 한다. 도시에는 "걷는 나무가 많"고 "걷는 벤치", "걷는 사람", "걷는 유령", "걷는 물결", "걷는 오리", "걷는 낮달" 등이 많다. 시의 주체가 걸으면서 바라보는 풍경이자 죽음을 품고 있는 도시의 풍경이다. "걷는 검정 리본이 많다"고 느끼는 까닭도 그 때문일 것이다.(「오후 세 시의 겨울 호숫가」)

　　흰 그늘 흔들리는 버스에 떡과 술 과일을 싣고 간다
　　감추바다 파도 소리 점점 멀어지고
　　천곡황금박쥐동굴 앞을 지나 효가사거리를 지난다
　　북평고등학교를 지나

　　지난봄부터 가자 가자 하던
　　무릉계곡 용추폭포 표지판을 지난다
　　이웃들이 마중 나온 집에 들러
　　방과 뒤란까지 한걸음에 둘러보신 후
　　오늘도 앞장서 가시는 아버지
　　검정 리본 두르고, 리무진 타고 가신다

　　천천히 신흥동 오르막을 오른다
　　어룽어룽 잿빛 구름이 산 능선을 넘어간다
　　멀리 회색빛 연기 잡목 숲으로 우거진다
　　굽은 어깨를 닮은 몇 번의 산굽이를 돌아

보인다 승화원 1킬로 ➡

참나무가 만장처럼 펄럭이고
비탈밭의 콩깍지가 활시위를 당긴다
고추도 따야 하는데
담장도 고쳐야 하는데……
손수건만 접었다 펴기를 거듭하는
엄마는 아까부터 자꾸 뒤를 돌아본다
이 길이 아닌데……

—「가족 여행」 전문

    백순옥의 이번 시집에는 죽음이 삶과 함께 드리워져 있다. 그 이유를 짐작게 하는 시이다. 시의 주체는 강원도 동해시에 있는 화장장인 승화원으로 가는 길을 "가족 여행"이라 부른다. "지난봄부터 가자 가자 하던/무릉계곡 용추폭포"를 승화원 가는 길에야 비로소 지나가는 까닭이다. 젊어서는 경제적 여유가 없고 기성세대가 되어서는 일하랴 아이들 키우랴 사는 데 쫓기느라 시간적 여유가 없어서 허덕대다 보면 어느새 부모님이 연로해서 변변한 가족 여행 하나 하지 못하는 경우가 허다하다. 아니, 가족 여행을 할 여유를 갖게 될 때까지 기다려 주지 않는 부모들도 많다. 풍수지탄은 자식의 숙명인 걸까?
    시의 주체도 어김없이 그런 시간을 겪은 것이겠다. "지난봄부터 가자 가자 하던" "가족 여행"을 끝내 하지 못한 것이 내내 마음에 사무친다. "이웃들이 마중 나온 집에 들러/방과 뒤란까지 한걸음에 둘러보신 후/오늘도 앞장서" "검정 리본 두르고, 리무진 타고" "가시는 아버지"를 아득히 불러 본다. 오랜만에 찾은 고향의 지명을 하나하나 마음에 새기며 "흰 그늘 흔들리는 버스에 떡과 술 과일을 싣고 간다". "감추바다", "천곡황금박쥐동굴", "효가사거리", "북평고등학교를 지나" "무릉계곡 용추폭포 표지판을" 지나 "천천히 신흥동 오르막을 오른다". 다들 각자의 가족을 이뤄 흩어져 사느라 마음과는 달리 한자리에 모이기도 쉽지 않았을 가족이 모두 모여 함께 버스를 타고 먼 길을 가는 일은 아버지가 돌아가신 후에야 비로소 이루어진다. "참나무가 만장처럼 펄럭이고/비탈밭의 콩깍지가 활시위를 당긴다". 돌아가신 아버지의 마지막 길도 그런 아버지를 보내는 어머니의 길도 어딘지 아버지와 어머니의 평소 모습을 닮았다. "고추도 따야 하는데/담장도 고쳐야 하는데……" 아버지 없는 어머니의 일상은 아마도 이런 잔걱정들로 버틸 수 있는 날들이 될 것이다. "이 길이 아닌데……" "자꾸 뒤를 돌아"보다가 가는 것이 인생인 것처럼.

4.

이번 시집에서 또 하나 눈에 띄는 것은 '동해'와 '청주'로 추정되는 지역의 장소성이다. '동해'가 근원이자 회감의 장소로 소환된다면 '청주'는 지방 도시의 현실을 실감케 하는 장소로 형상화된다. 시의 주체에게 '동해'는 오래전에 떠난 그리움의 대상이고 '청주'는 40년째 머물고 있는 생활의 장소이다. '청주'는 충청북도의 도청 소재지이지만 수도권에 일자리와 젊은이들이 집중된 한국의 현실에서 서울에 비교적 가까운 지역에 위치한 도시는 임대 플래카드가 펄럭이고 빈방과 사라진 사람들이 많은 것이 현실이다. 백순옥의 시는 빈방과 사라진 사람들의 흔적에 주목한다.

파랑새 원룸 이 층 창문에
임대 플래카드 펄럭인다

오래전 파랑새를 쫓아다녔던
정 노인이 갈색 의자에 앉아 있다
헐렁한 두 손 맞잡은
푸스스 날리는 머리

허공을 오래 바라본다
둑 너머 기울어지는 무심천 빈 하늘

낮은 지붕에 허리 잘린 가로수들 새를 날리고
색 바랜 의자와 임대인을 기다린다

단층 지붕을 열어
이 층 삼 층으로 방을 들인 납작한 집
주차장 해바라기는 얼굴에 햇볕을 촘촘히 박아 넣고

젊은이들이 그를 지나쳐 뛰어간다
마른 먼지 훌훌 날리는 골목
텅텅 울리는 빈방들

길게 눕는, 의자와 정 노인의 그림자
유리창에서 구름과 해바라기가 내다본다
——「저지대」 전문

"파랑새 원룸 이 층 창문에/**임대** 플래카드 펄럭"이는 모습과 "오래전 파랑새를 쫓아다녔던/정 노인이 갈색 의자에 앉아 있"는 모습은 서로 닮았다. "푸스스 날리는" "정 노인"의 머리와 펄럭이는 플래카드의 모습까지. 젊어서는 파랑새를 쫓아다니며 꿈을 꿨지만 지금은 기울어진 신세가 된 "정 노인"은 "둑 너머 기울어지는 무심천 빈 하늘" "허공을 오래 바라본다". "정 노인"의 텅 빈 삶만큼이나 지방 도시 "저지대"에 위치한 "파랑새 원룸"에는 아무도 찾지 않는 "빈방"이 많다. "임대인을 기다"리는 "정 노인"의 모습은 아랑곳없이 "젊은이들이 그를 지나쳐 뛰어간다". 더 이상 이 도시에서 "파랑새"를 쫓아다니는 젊은이는 없다. "마른 먼지 훌훌 날리는 골목"과 "텅텅 울리는 빈방들"이 "정 노인"의 삶만큼이나 쓸쓸하고 허허롭다. "길게 눕는, 의자와 정 노인의 그림자"를 내다보며 관심을 보이는 존재는 "구름과 해바라기"뿐이다.

창밖 바다를 바라보는 흐엉, 횟집 애월에 손님들 들어와
도 수평선만 바라보는 흐엉, 그녀의 눈에 갈매기 날아간다
회색 바람이 창을 흔들다 간다 파도가 흰 속살을 보이고 돌
아선다 흐엉, 흐엉 뭐하맨? 주방의 남편 연신 외치고

　방석 쌓인 한쪽 구석에 흐엉의 사십 일 된 아기, 할머니
와 한 몸같이 앉아 있다 흰죽같이 쏟아지는 할머니 웃음이
아기를 어른다 아기와 바다를 번갈아 보는, 흐엉 눈길에 출
렁이는 파도, 쉼 없이 쏟아지는 주방의 물소리 흐엉, 뭐하
맨?

　엄마니 썽까오!

　　　　　　　　　　　　　　　　　—「썽까오」 전문

　드물게 제주도를 배경으로 한 이 시에는 베트남에서 온
"흐엉"이 등장한다. 시에 그려진 정황으로 보아 베트남 여
성 "흐엉"은 한국에 와 한국 남자와 결혼해서 아기를 낳은
지 사십 일이 된 것으로 보인다. 시어머니와 남편과 "흐엉"
과 아기가 가족을 이루고 살면서 "횟집 애월"을 운영하고
있는 것이겠다. 몸 푼 지 사십 일 된 "흐엉"은 "창밖 바다를
바라보"고 있다. "횟집 애월에 손님들 들어와도 수평선만
바라"본다. 낯선 이국의 섬에서 아기를 낳은 지 한 달이 조
금 넘은 "흐엉"은 애월의 바다를 보면서 고향의 바다를 떠
올렸을 것이다. 아기를 낳은 지 얼마 안 된 상황이니 더더

욱 고향 생각이 많이 났을 것이다. "흐엉, 흐엉 뭐하맨? 주방의 남편"은 연신 외쳐 대지만 고향이 사무쳐 "흐엉"에겐 남편의 목소리가 들리지 않는다. 남편은 횟집 일에, 시어머니는 아기에 집중하고 있지만 "흐엉"은 "아기와 바다를 번갈아 보"며 고향 바다를 생각한다. "썽까오"는 베트남어로 '파도가 높아요'라는 뜻이라고 한다. 손님이 왔는데 뭐 하냐는 재촉에 "흐엉"은 겨우 대답한다. "엄마니 썽까오!", '어머니, 파도가 높아요'라고.

아마도 시의 주체가 여행지에서 우연히 목격한 풍경을 그린 것으로 보이는 이 시는 "흐엉" 가족의 모습을 통해 다문화사회가 되어 버린 지역의 일상을 보여 준다. 결혼하고 고향을 떠나 낯선 지역에서 40년 가까운 세월을 산 백순옥 시인은 고향 바다를 그리워하는 "흐엉"의 모습에 누구보다 공감했을 것이다. 무언가를 잃어버렸거나 텅 비거나 사라진 풍경은 이처럼 백순옥의 시를 사로잡는다.

5.

훼손된 자연이 망가진 인간 사회를 상징하듯이 백순옥의 시는 훼손되었지만 살아가야 하는 일상의 시간을 그리는 데도 관심을 기울인다. 명암지를 산책하고 운동하는 사람들을 그린 시들이 종종 모습을 드러내는 것도 그런 연유에서다. 예측이 쉽지 않은 시대를 살아가는 만큼 서정시도 끊임없는 자기 갱신이 필요함을 백순옥 시인은 알고 있는 것으로 보인다.

영운천 다리 밑에도
공중화장실에도
지하도에도
바람 빠진 공처럼 개가 물고 가는

마스크가 버린 아이
마스크가 버린 강아지
마스크가 버린 맥주 캔
마스크가 버린 전기밥솥
마스크가 버린 금이 간 거울
마스크가 버린 눈 없는 인형
마스크가 버린 마스크

먹장구름이 머리 위에 머물러
너와 나의 거리(距離)를 조장한다

한여름 눈보라가 휘몰아친다
골목이 사라지고 보건소 앞 교차로가 지워지고
흰 뱀이 되어 날아가는 마스크들
점 점 점 눈 속에 묻힌다
　　　　　　　　　　　　　—「감염의 계절」 전문

"감염의 계절"이 3년 가까이 지속되면서 마스크는 우리
일상에서 **빼놓을** 수 없는 일용품이 되었다. 집 밖을 나갈

때는 반드시 챙겨야 하는 필수품이 되었고 그런 만큼 버려진 마스크가 유발하는 환경 문제도 심각해졌다. 마스크가 새의 부리나 다리에 칭칭 감긴 모습을 사진이나 뉴스를 통해 본 기억이 있을 것이다. 시의 주체가 거주하는 '청주'라고 다를 리 없다. "영운천 다리 밑에도/공중화장실에도/지하도에도/바람 빠진 공처럼 개가 물고 가는" 마스크를 환기시키는 것으로 시가 시작된다.

"마스크"를 쓰고 버리는 주체는 인간일 테니 결국 "아이", "강아지", "맥주 캔", "전기밥솥", "금이 간 거울", "눈 없는 인형", "마스크"를 버리는 주체도 모두 인간이다. 아니, "마스크"를 쓴 인간이다. "마스크"는 "너와 나의 거리를 조장"할 뿐 아니라 익명성 뒤에 숨어 여전히 비윤리적인 행위를 수행하도록 한다. "마스크"가 버린 것들이 결국엔 "마스크"를 버리게 할 것이라고, 인간을 망치는 것은 인간이라고 시의 주체는 경고한다. "한여름 눈보라가 휘몰아"쳐 "골목이 사라지고 보건소 앞 교차로가 지워지고/흰 뱀이 되어 날아가는 마스크들"이 "점 점 점 눈 속에 묻"히는 마지막 연은 어떤 디스토피아보다 끔찍한 멸망의 풍경을 펼쳐 놓는다.

한 치 앞도 예측하기 어려운 시절이 지나가고 있다. 3년째 좀처럼 끝날 줄 모르는 코로나-19 팬데믹에 전 지구가 몸살을 앓고 있고 지구 온도가 상승하면서 기후 위기로 인한 재난 같은 현실이 피부로 느껴지기 시작했다. 폭염과 폭우 사이를 왕복하는 여름에 백순옥의 시집을 읽으며 "마스크가 버린 마스크", 인간이 망가뜨린 인간과 지구를 실감하고 있는 중이다. "문 닫은 만두 가게" 앞에 붙은 "그동안 성원해 주셔서 감사합니다/좋은 곳에서 또 만나 뵙겠습니다"라는 인사말을 보고 "훗날 난 어떤 인사말을 남길 수 있을까" 생각하는 백순옥 시의 주체처럼 훗날 우리 인류는 어떤 인사말을 남길 수 있을지 생각해 보게 되는 날들이다. "그늘로 얼룩진 날개만 남겨 놓고" 사라진 새들처럼 인사말도 남기지 못한 채 사라지는 일이 벌어지지는 않을지 우울한 생각에 빠져들게 된다.(「환풍기」) 백순옥의 시가 "비늘무늬 바람" 같은 사라진 것들이 남긴 흔적에 마음을 빼앗기는 이유도 여기에 있지 않을까? 서정시의 무력함에 기대고 싶은 시절이다.